20 Novembre 84.

VENTE

*Par suite de Départ de Mme G****

HOTEL DROUOT, SALLE N° 7

Les Jeudi 20 et Vendredi 21 Novembre 1884

INTÉRESSANTE COLLECTION

ARGENTERIE ANCIENNE

BEAUX BIJOUX

OBJETS D'AMEUBLEMENT

<table>
<tr><td>

Me G. BOULLAND

COMMISSAIRE-PRISEUR

26, rue des Petits-Champs, 26.

</td><td>

M. A. BLOCHE

EXPERT

44, rue Laffitte, 44.

</td></tr>
</table>

EXPOSITION PUBLIQUE

Le Mercredi 19 Novembre 1884

De 1 heure 1/2 à 5 heures 1/2.

HOMO ADDITVS
IMPRIMERIE DE L'ART

CATALOGUE

D'UNE

INTÉRESSANTE COLLECTION

ARGENTERIE ANCIENNE

VIDRECOMES, CANDÉLABRES

FONTAINE, CAFETIÈRES, THÉIÈRES, GOBELETS

OBJETS DU CULTE HÉBRAÏQUE

Des XVIe, XVIIe et XVIIIe siècles

BEAUX BIJOUX

ENRICHIS

De Brillants, Perles et Pierres de couleur

OBJETS DE VITRINE — BIJOUX ANCIENS

MEUBLES — BRONZES

Tapisseries — Porcelaines — Faïences — Étoffes — Armes

DONT LA VENTE AURA LIEU

*Par suite de départ de Mme G****

HOTEL DROUOT, SALLE N° 7

Les Jeudi 20 et Vendredi 21 Novembre 1884

A DEUX HEURES

Me G. BOULLAND	**M. A. BLOCHE**
COMMISSAIRE-PRISEUR	EXPERT
26, rue des Petits-Champs, 26	44, rue Laffitte, 44.

EXPOSITION PUBLIQUE

Le Mercredi 19 Novembre 1884

DE 1 HEURE 1/2 A 5 HEURES 1/2

CONDITIONS DE LA VENTE

La vente aura lieu expressément au comptant.

Les acquéreurs payeront en sus des enchères *cinq pour cent*, applicables aux frais.

L'exposition mettant le public à même de se rendre compte de l'état des objets, aucune réclamation ne sera admise une fois l'adjudication prononcée.

Paris. — Imp. de l'Art. E. Ménard et J. Augry
41, rue de la Victoire, 41

DÉSIGNATION DES OBJETS

ARGENTERIE — BIJOUX — ARMES

OBJETS DE VITRINE

1 — Coupe en lapis-lazuli, montée sur un oiseau en argent, posé sur pied en jaspe. Style Renaissance.

2 — Plat à bords contournés, en argent repoussé. Époque Louis XIV.

3 — Cuillère en ancienne porcelaine de Saxe, décor à fleurs.

4 — Écritoire à deux compartiments, en argent, en forme de cœurs percés de traits. Époque Empire.

5 — Joli sucrier en argent, de forme cintrée et côtelée, avec décoration de festons en bas et au bord. Époque Louis XV.

6 — Deux petites aiguières à huiles saintes, avec bassin en argent, côtelées et gravées. Époque Louis XIV.

7 — Coupe creuse à deux anses, en argent. Époque Empire.

8 — Sucrier en argent, forme brûle-parfums. Époque Empire.

9 — Couvert de voyage, en filigrane d'argent. xviie siècle.

10 — Six petites cuillères en argent doré et ciselé. Style Renaissance.

11 — Petite coupe à ombilic, en cuivre fondu, décorée d'animaux et de fleurs.

12 — Petite cuillère à poudre, en argent. Époque Louis XIV.

13 — Coffret à bijoux, en bois laqué, dessin marbré, offrant des arcades à l'intérieur, pieds en bronze doré.

14 — Deux statuettes d'appliques, en bronze, figures de sphinx drapés. Époque Empire.

15 — Pendule de forme monument, ornée de bronzes dorés. Époque Empire.

16 — Deux têtes de chiens, en bronze. Époque Empire.

17 — Petit trépied en bronze doré, de l'Empire.

18 — Plusieurs petits objets de vitrine : reli-
quaires, presse-papier, cachet, porte-tasses
orientaux.

19 — Deux divinités cambodgiennes, en bois
sculpté.

20 — Deux petits modèles de casques en bronze,
sur colonnette en marbre.

21 — Deux petites boîtes à mouches, en cuivre
repoussé et doré. Époque Louis XV.

22 — Dessus de pelote, en argent repoussé.
Époque Louis XIV.

23 — Huilier et deux bouts de table, en argent,
décor à coquilles. Style Louis XV.

24 — Gobelet en vermeil gravé, offrant des
armoiries. Époque Louis XIV.

25 — Cinq pièces : couteaux et cuillère en argent
ciselé, manches en forme de lion héraldique,
de groupes et d'ornements, une gaine en galu-
chat, monture argent.

26 — Gobelet en argent gravé, couvert d'ornements. Époque Louis XIV.

27 — Timbale en argent gravé, de la même
époque.

28 — Boîte à thé, avec plateau en argent repoussé.
Style Louis XIII.

29 — Boîte en cuivre repoussé et doré, offrant
des rocailles et des fleurs. Époque Louis XV.

30 — Gobelet avec couvercle, en argent repoussé.
offrant des médaillons à figures. Époque
Louis XIV.

31 — Plat ovale, en argent repoussé, offrant au
centre un sujet de chasse; sur le bord, des
fleurs et des feuillages. Époque Louis XIV.

32 — Petit plat ovale, en argent repoussé, représentant au centre les Travaux d'Hercule.
Époque Louis XIV.

33 — Coupe à deux anses, en argent repoussé,
offrant un oiseau au centre. Louis XIII.

34 — Beau vidrecome, de forme à pans, en
argent finement gravé, représentant des sujets
allégoriques à la Charité, à la Justice, à l'Es-
pérance, à la Tempérance, avec lion héraldique sur le couvercle, et la date de 1676 sur
l'anse. XVIIe siècle.

35 — Joli gobelet en argent repoussé et doré,
forme d'ananas, avec ornements s'enroulant
en relief et têtes de chérubins se détachant
autour du pied. Époque Louis XIII.

36 — Bague chevalière en or, avec intaille, sur
cornaline.

37 — Bague ancienne en or, avec cornaline gra-
vée et deux roses.

38 — Cachet en or, avec cornaline, gravé, offrant
un écusson.

39 — Bague en or émaillé bleu et blanc, avec
chaton en grenat.

40 — Curieuse bague en or offrant en bas-relief,
sur cornaline, un accouplement de quatre
têtes.

41 — Gros sucrier en cuivre gravé et doré, décor
à fleurs. Époque Louis XIV.

42 — Deux petits vases en bois sculpté, intérieur garni en argent. Travail chinois et
ancien.

43 — Quatre plats en argent repoussé, offrant
au centre des sujets allégoriques et cham-
pêtres, bordures à papillons et ornements.

44 — Quatre flambeaux en émail de Saxe, décor
à fleurs sur fond blanc. Époque Louis XV.

45 — Deux sucriers ovales en argent repoussé,
offrant des oiseaux et des enroulements,
ornés d'anses plates, à groupes d'amours.
Époque Louis XIV.

46 — Joli sucrier en argent repoussé, forme à
coquilles et rocailles. Époque Louis XV.

47 — Sucrier rond en argent repoussé, décor
à fleurs et arabesques. Époque Louis XIII.

48 — Cafetière, sucrier et pot à crème en argent
repoussé, richement décorés de rocailles et
d'enroulements. Époque Louis XIV.

49 — Très belle et grande cafetière posée sur
trois pieds, en argent repoussé, offrant un
blason et des jetées de fleurs. Époque
Louis XIV.

5o — Joli couteau avec manche formé d'un
groupe de trois figures en ivoire. Époque
Louis XIII.

51 — Deux couteaux avec manches en argent,
représentant des lions héraldiques. xvii^e
siècle.

51 *bis* — Paire de jolis bouts de table en argent,
à deux lumières portées par des figurines
d'amours.

52 — Petit vase en argent repoussé, à bossages,
époque Louis XIII, sur pied en bois noir.

53 — Deux jolies poivrières en argent repoussé,
à fleurs et ornements. Époque Louis XV.

54 — Joli étui, forme lorgnette, en émail de
Saxe, fond rose, avec médaillons à paysages
et rinceaux à rehauts d'or. Époque Louis XV.

55 — Coupe ronde en cristal de roche finement
évidé, monture en argent, pied orné de turquoises. Style xvie siècle.

56 — Gobelet en argent repoussé, décoré de
fruits et de rinceaux, avec pied forme de
moulin. Style xvie siècle.

57 — Curieuse mesure de cordonnier, en bois
sculpté, se terminant par un lion héraldique
et une figure d'homme assis ; porte la date
de 1733.

58 — Beau gobelet avec couvercle en fer, bronze
et argent, décoré de têtes de béliers, de
bustes de femme et de têtes fabuleuses, enrichi
d'émeraudes cabochons.

59 — Coffret en cuivre repercé, dessin à enroulements. Style Louis XIII.

60 — Deux médaillons ovales, bas-relief sur
ivoire, cadres en bronze.

61 — Camée à double face, cornaline blanche
orientale, offrant de chaque côté une tête
d'homme. Monture en or.

62 — Curieuse bouteille à encens en argent

repoussé, dont la panse offre des médaillons à fleurs, et le goulot très tortillé et recourbé se termine en bec. Travail ancien dans le goût oriental.

63 — Gobelet en argent repoussé, décor à godrons. Époque Louis XIII.

64 — Paire de beaux pendants d'oreilles en rubis et roses anciens. Époque Louis XIV.

65 — Gobelet avec couvercle en argent repoussé. Époque Louis XIII.

66 — Cartouche de calice en argent repoussé, offrant des médaillons à figures de saints, des têtes de chérubins et des ornements. Époque Louis XIII.

67 — Bas-relief en bronze : deux lions face à face.

68 — Petit gobelet sur pied en argent repoussé et doré, offrant des cœurs au pourtour. Époque Louis XIII.

69 — Curieux couvert : cuiller et fourchette en argent combinées dans une seule pièce dont le manche se termine en cariatide de femme. XVIe siècle.

70 — Couteau avec manche en argent, forme cariatide et ornements. Époque Louis XIV.

71 — Petite figurine d'enfant en argent. Époque Louis XIII.

72 — Bel ornement de *sepher*, dit *tasse*, en argent repoussé et ciselé, représentant un tabernacle avec les tables de la Loi, surmonté d'une couronne portée par deux lions. Époque Louis XIV.

73 — Quatre petites tasses avec soucoupes en argent, forme lobée. Style Louis XIV.

74 — Service russe composé d'un plateau et six gobelets en argent gravé. Travail russe.

75 — Six cuillères en argent gravé. Travail russe.

76 — Tasse et soucoupe agatisés. Travail vénitien.

77 — Buste d'un Électeur de Saxe, en porcelaine d'Allemagne.

78 — Petite tête de pipe en fer et argent.

79 — Lampe juive en cuivre gravé. XVIIe siècle.

80 — Joli petit médaillon ovale offrant, en métal finement découpé, une composition d'après *Bérain*.

81 — Très beau vidrecome en argent doré, offrant, en repoussé, des enroulements, des fruits et des feuillages avec des médaillons à

oiseaux. Sur le couvercle, un bas-relief, buste de femme. XVIIe siècle.

82 — Deux petites pièces en argent : vase à anse et boîte anciens.

83 — Deux figurines en biscuit de Sèvres : l'*Hiver* et l'*Été*.

84 — Salière en argent repoussé, décorée de fleurs et de feuillages. Époque Louis XIII.

85 — Salière à deux étages en argent, forme coquille. Époque Louis XIV.

86 — Monture d'escarcelle en argent ciselé, à figures et ornements. Époque Louis XIV.

87 — Collier en filigrane d'or, émaillé par partie. XVIIe siècle.

88 — Paire de grandes pendeloques en argent doré. Style Louis XIII.

89 — Pomme de canne en cuivre doré.

90 — Jolie bague en or émaillé avec chaton carré, enrichie d'un brillant. Modèle de la Renaissance.

91 — Applique de costume en or, enrichie de pierreries. Travail vénitien.

92 — Paire de pendants d'oreilles en or, enrichis d'émeraudes. Époque Louis XIII.

93 — Joli petit navire roulant en vermeil repoussé, avec personnages combattant. Époque Louis XIII.

94 — Deux plaques représentant les tables de la Loi hébraïque, en argent gravé et ciselé. xvıe siècle.

95 — Couronne en filigrane d'argent, à fleurs et feuillages.

96 — Cinq cannes avec pommes en émail cloisonné ancien. (Sera divisé.)

97 — Calice en argent. Époque Louis XIII.

98 — Deux couverts, manches en argent ciselé. xvıe siècle.

99 — Sept bagues anciennes, enrichies de camées, d'intailles et de pierreries. (Sera divisé.)

100 — Grosse bague représentant un masque, doré au mat.

101 — Cuillère de docteur, en argent. xvıe siècle.

102 — Belle cartouchière en argent ciselé, richement décorée de trophées, d'oiseaux et d'enroulements. Époque Louis XIV.

103 — Montre avec double boîtier en argent repoussé. Louis XV.

104 — Boîtier de montre en argent repoussé. Louis XV.

105 — Couvert en argent, à semis d'ornements.

106 — Flacon de forme aplatie, en argent doré et repoussé. Époque Louis XIV.

107 — Bas-relief en argent repoussé : Vierge et enfant en prière. Époque Louis XIV.

108 — Couronne d'applique en argent repoussé. Époque Louis XIV.

109 — Fermoir de livre en argent et quatre petits ornements anciens.

110 — Deux beaux rideaux en mousseline brodée.

111 — Deux miniatures portraits de dames assises : l'une tenant un loup, l'autre cachant ses mains dans un manchon, costumes Louis XV. Cadres en cuivre doré et de style.

112 — Miniature ovale : portrait de femme en costume de la Régence.

113 — Bonbonnière en écaille avec miniature : sujet allégorique à l'Amour. Louis XVI.

114 — Joli huilier en argent repoussé, forme Louis XVI.

115 — Jolie petite cafetière en argent repoussé,

décorée de guirlandes de fleurs et de nœuds de rubans. Style Louis XVI.

116 — Paire de flambeaux en argent repoussé. Époque Louis XV.

117 — Petit gobelet sur pied en argent repoussé à médailles. xvıe siècle.

118 — Très belle fontaine élevée sur trois pieds, en argent repoussé et ciselé, offrant une riche décoration à figures de Junon, de Jupiter, des Amours, des rocailles et des fleurs. Époque Louis XV.

119 — Paire de bouts de table à deux lumières, en argent repoussé. Époque Louis XV.

120 — Belle garniture de meuble en cuivre ciselé, à sujet de chasse et ornements Louis XIV.

121 — Livre de prières israélite, édition moderne en français avec jolie reliure en argent repercé et repoussé. Époque Louis XIV.

122 — Casque en fer gravé, offrant des médaillons à figures et des arabesques. xvııe siècle.

123 — Huit hallebardes en fer de formes variées. xvıe et xvııe siècles. (Sera divisé.)

124 — Chimère en bronze formant aiguière. xve siècle.

125 — Pied de vase en argent gravé et repoussé.
Époque Louis XIII.

126 — Deux vases de formes variées en argent
repoussé. Époque Empire.

127 — Deux pièces en filigrane d'argent; porte-
cigarettes et agrafe incomplète.

128 — Joli porte-bouquet, forme corne, en vermeil.

129 — Deux lampes d'autel en cuivre argenté.
Louis XIV. (Sera divisé.)

130 — Deux frises en bronze doré, offrant des
scènes enfantines en bas-relief.

131 — Deux salières en argent repoussé formées
d'enroulements. Époque Louis XIV.

132 — Beau coussin en soie blanche richement
brodé d'or et de soie. Époque Louis XIV.

133 — Gobelet en coco sculpté, monté en argent.
XVIe siècle.

134 — Deux grandes boucles en argent.
Louis XIII.

135 — Joli coffret à dos cintré en bois, décoré
avec monture en argent. Renaissance.

136 — Plat hébraïque dit de Pâques, en faïence,

décoré d'inscriptions et de sujets en polychrome.

137 — Beau collier en brillants composé de quarante-neuf chatons.

138 — Bague en or composée de cinq brillants.

139 — Bague en or. Turquoise et brillants.

140 — Bague en or enrichie de saphirs et de brillants de fantaisie.

141 — Bague en or composée de cinq saphirs.

142 — Bague en or composée de trois perles grises et noires et de brillants.

143 — Demi-parure : broche et pendants d'oreilles, modèle fer à cheval, en saphirs et brillants.

144 — Bracelet en or mat et turquoise.

145 — Bague en or avec turquoise.

146 — Louche et couvert en argent.

147 — Collier tissu en or.

148 — Bracelet gourmettes enrichi d'un grenat cabochon et de six brillants.

149 — Bracelet en or mat avec applique en saphir et roses.

150 — Bague jonc en or, enrichie d'une turquoise
et de deux brillants.

151 — Bague jonc en or, enrichie d'un saphir et
de deux brillants.

152 — Montre savonnette en or rouge, à remon-
toir.

153 — Montre savonnette en or gravé, à remon-
toir.

154 — Montre de dame en or avec chiffre.

155 — Épingle fer à cheval en or mat, saphir,
rubis et roses.

156 — Croix composée de trois turquoises et
brillants.

157 — Paire de boutons d'oreilles, turquoises et
brillants.

158 — Paire de boutons d'oreilles, perles, entou-
rage brillants.

159 — Bague brillant de fantaisie entourée de
brillants.

160 — Bague à trois rangs, composée de trois
perles et six brillants.

161 — Bague à trois rangs, composée de trois
saphirs et brillants.

162 — Broche-pendentif, perles et brillants.

163 — Marguerite en brillants.

164 — Pendentif, perles et brillants.

165 — Bracelet en or et lapis.

166 — Bracelet composé d'un gros rubis entouré de brillants.

167 — Porte-bonheur composé de six saphirs et brillants.

168 — Bracelet : turquoise et deux brillants.

169 — Épingle, forme trèfle, trois perles fines et brillants.

170 — Six épingles perles fines.

171 — Deux bracelets, collier et paire de boucles d'oreilles en or. Louis XVI.

172 — Broche en roses anciennes. Louis XVI.

173 — Broche ancienne, camée dur entouré d'émeraudes et rubis.

174 — Paire de boutons de manchettes or et émail.

175 — Paire de boutons de manchettes onyx et or.

176 — Paire de boutons d'oreilles brillants solitaires.

OBJETS D'AMEUBLEMENT

177 — Trois tapisseries anciennes.

178 — Meuble-bureau en laque.

179 — Garniture de cheminée en bronze doré ; pendule et deux candélabres représentant des amours et des guirlandes de fleurs.

180 — Garniture de cheminée en marbre onyx et bronze argenté, modèle à la femme drapée tenant un vase étrusque.

181 — Deux grandes lampes en porcelaine de Chine, monture en bronze.

182 — Deux grands vases décor bleu de Sèvres à médaillons, sujets variés.

183 — Garniture de trois pièces, décor bleu de Sèvres, à médaillons sujets Téniers.

184 — Bonheur du jour en bois rose, orné de bronze et de plaque en porcelaine décorée.

185 — Garniture en bronze composée de trois pièces : corbeille et deux vases.

186 — Groupe en bronze : Vénus et Amour.

187 — Statuette en bronze : Danseur polonais.

188 — Statuette en bronze : le Marchand de volailles.

189 — Groupe en bronze : sujet mythologique.

190 — Deux grandes potiches en porcelaine de Chine, décor vert.

191 — Deux tableaux : Fleurs.

192 — Trois plats en faïence de Delft, décor bleu.

193 — Statuette en terre cuite : Baigneuse, d'après Falconnet.

194 — Gaine en poirier noirci.

195 — Deux petites consoles en bois doré.

196 — Deux lampes en bronze du Japon.

197 — Grande potiche en faïence décorée.

198 — Petite glace avec cadre en bois.

199 — Assiette en faïence, genre Palissy.

200 — Meuble de salon composé de deux canapés, six fauteuils et quatre chaises en soierie rouge brodée d'or. Style Empire.

201 — Pendule à cage en acajou avec mouvement. Signée : *Charles Debriquoy*.

202 — Pendule en forme de cloche.

203 — Nécessaire de toilette avec ustensiles montés en argent, de chez Aucoc aîné.

204 — Deux petits candélabres en porcelaine bleue, monture en bronze Louis XVI.

205 — Deux vases en bronze japonais.

206 — Deux plats en cuivre repoussé, sujets mythologiques.

207 — Porte-cartes en bronze argenté et onyx. Signé : *Ragoneau*.

208 — Buste de Bacchante en bronze vert.

209 — Deux torchères en bois sculpté à figures de nègres.

210 — Deux consoles dorées.

211 — Grande console d'encoignure en bois sculpté.

212 — Étagère en bois noir. Style ancien.

213 — Deux chaises en bois sculpté.

214 — Deux vases avec couvercle en faïence italienne.

215 — Deux consoles en faïence italienne.

216 — Grand plat en faïence italienne.

217 — Chaise en bois noir incrusté d'ivoire.

218 — Objets non catalogués.